Velhos

Velhos

ALÊ MOTTA

Copyright © 2020 Alê Motta
Velhos © Editora Reformatório

Editores
Marcelo Nocelli
Rennan Martens

Revisão
Marcelo Nocelli

Imagem de capa
iStockphoto

Design e editoração eletrônica
Negrito Produção Editorial

Dados Internacionais de Catalogação na Publicação (CIP)
Bibliotecária Juliana Farias Motta (CRB 7-5880)

Motta, Alê
    Velhos / Alê Motta. – 1.ed. – São Paulo: Reformatório, 2020.
    136 p.; 12 x 19 cm.

    ISBN 978-85-66887-67-9

    1. Contos brasileiros. I. Título.
M921v   CDD B869.3

Índice para catálogo sistemático:
1. Contos brasileiros

Todos os direitos desta edição reservados à:

EDITORA REFORMATÓRIO
www.reformatorio.com.br

Ao meu *Espetáculo*,
que nunca deixa meus dias serem monótonos.

Ao incansável Marcelino Freire,
que me desafiou, numa tarde-não-lembro-a-data,
a escrever sobre os velhos. Está aqui, querido. Nasceu!

De fato, os dias de nossa vida chegam a setenta anos, ou a oitenta para os que têm mais saúde; entretanto, a maior parte dos anos é de labuta e sofrimentos, porquanto a vida passa muito depressa, e nós voamos.

(Salmos 90:10)

Sumário

Herança 11
Desculpas 17
Encontros 21
Lucros 25
Emoções 29
Visitas 33
Notícias 37
Esquecimentos 41
Homenagens 45
Decisões 49
Passado 53
Obrigações 59
Apostas 63
Valores 67
Oportunidades 71
Solidão 75
Paciência 79
Listas 83
Viagem 87

Festas	91
Detalhes	95
Estudos	99
Remédios	103
Trotes	107
Mortes	111
Felicidade	115
Bagagens	119
Metas	123
Mudanças	127
Fedor	131

Agradecimentos 135

Herança

Meu avô é um velho inconveniente que faz todas as perguntas que não devia fazer nos eventos familiares.

Além de fazer perguntas medonhas, ele me encara e comenta que eu engordei, afirma que minha amiga é sapatão, que eu nunca vou arrumar emprego com o curso que faço na universidade, mas tudo bem, porque sou um fracassado igual ao meu pai e fala isso dando aquela risadinha sarcástica de quem está determinado a se meter.

Meu avô consegue azedar qualquer reunião familiar. Ele começa discussão, ofende. Zomba, magoa. A todos.

Ele tem olhinhos azuis, cabelo todo branquinho, é gorducho e caminha pulando. Quem olha de longe vê um velho fofo. Quem convive de perto está louco pra ir ao seu funeral.

Ele maltrata a vovó. Chama de lesada, define as roupas que ela deve usar e onde pode ir. Se e quando pode ir. E com quem. Joga o prato no chão se a comida não está do jeito que ele quer. Ela não reage.

Ele espancava os filhos quando pequenos – meu pai e meus tios. E agora que os filhos estão adultos, sempre se dirige a eles com sarcasmos ou palavrões.

Ele nunca nos abraçou. Me chama de Breno e meu nome é Bruno. A Carla ele apelidou de *Saco de Banha*!, ela é a minha prima complicada com o controle do peso. Já tentou se matar, é depressiva. Minha tia fica arrasada. Meus primos gêmeos ele chama de "*os dois*" e outro primo, o Gil, de "*o menino*". A minha prima Cássia, eita!, essa ele ignora. Tem tatuagens e piercings, para ele não existe. Ela diz – *Olá, avô*! Ele vira a cara.

Estamos na delegacia. Meus pais, tios, tias, primos, primas e vovó. Depois desse ridículo e desprezível almoço de natal. Vovó é a única que chora e repete *Tadinho, tadinho*.

Meu avô nunca mais escarnecerá de ninguém. Foi esfaqueado, enquanto dormia, após o almoço, com a faca nova de cortar o peru. Durante o almoço ele ofendeu, zombou e xingou a todos.

Impressionante sua capacidade de humilhar, menosprezar e detonar. Meu avô era brilhante na maldade.

Somos muitos e somos todos suspeitos, mas o delegado já ganhou uma graninha e semana que vem todos ficarão sabendo da tentativa frustrada de assalto. E comentarão, impressionados, da valentia do meu avô, que sozinho no quarto, reagiu. O resultado final foi que, infelizmente, ele não resistiu aos ferimentos na luta feroz, corpo a corpo com o marginal.

A vida seguirá. E a maldade da minha família, que era só do velho, agora está em todos nós.

Desculpas

Sou preto e sou velho. Diferente da maioria dos pretos no Brasil, sou rico. Moro num condomínio sofisticado, num bairro de brancos que acham muito esquisito a minha família preta morar ali.

Tenho setenta anos e pratico muitos esportes. Gosto especialmente de corrida.

Dia desses fui correr até a beira da praia. Na segunda quadra após o condomínio, passei em frente ao posto de gasolina. No momento em que passei, acontecia um assalto.

Dois dentes quebrados, três costelas fraturadas, as maçãs do rosto raladas, nariz sangrando, braço esquerdo luxado. Cusparadas na cara, tapas na orelha, vários socos no estômago.

Uns brutamontes me agarraram, me esfregaram no chão de asfalto e me levaram para a delegacia como suspeito.

Meu advogado-branco veio me socorrer. Sou médico, sou dono de uma clínica, tenho três especializações, dou aulas, tenho vários livros publicados, falo quatro idiomas.

Até agora ninguém me pediu desculpas. Ficam repetindo que eu sou preto, nem pareço um velho e estava correndo, como iam saber que eu não era um marginal?

Encontros

Adelino Lopes da Silva.

Aposentado. Conserta máquinas de lavar roupas, geladeiras e aparelhos de ar condicionado para os dias não ficarem tão compridos desde que ficou viúvo. Morador da casa 7 da Vila Mariposa. Torcedor do Botafogo. Não tem nenhuma camisa oficial do time, pois são muito caras. Gosta muito de pão francês com café fraquinho.

Genilda Maria de Jesus.

Aposentada. Trabalha numa fábrica de mariolas, todos os dias, na parte da tarde, para aumentar a renda, que é pouca. Viúva. Moradora da casa 11 da Vila Mariposa.

Gosta muito de ouvir músicas do Roberto Carlos e ver as novelas da Globo.

Adelino vai consertar a máquina de lavar roupas da Genilda amanhã de manhã. Marcaram hoje, de tardinha, quando ela voltava da fábrica de mariolas.

Genilda está nervosa. Adelino também. Os dois não param de conferir os relógios.

Nove horas da manhã. É o horário marcado.

Lucros

Tenho setenta e sete anos e estou muito gordo. Tenho problema de coração, muitas varizes, asma e pressão alta.

Semana passada aconteceu uma catástrofe. Quebrei a balança na farmácia da rua de casa. Vinha da pastelaria, onde tinha comido cinco pastéis de queijo, quatro de carne e tomado duas garrafas de coca. Da calçada avistei a balança nova, tão bonita. Comia a última batata do saco grande de Rufles quando entrei para checar meu peso.

Um moleque filmou tudo com um iPhone. Está no YouTube.

Viralizou.

O título do vídeo é Velhão quebra-tudo. A trilha sonora é um funk. A cena repete, repete. Um vexame. Meus filhos e seus amigos viram, meus netos e seus amigos viram. Meus vizinhos e seus amigos viram. Todo mundo que eu conheço viu. Tem mais de cento e cinquenta mil visualizações.

Nas montagens do vídeo, além da balança da farmácia, eu quebro a ponte Rio-Niterói, quebro o Palácio da Alvorada, quebro o Cristo Redentor e mais um monte de lugar famoso.

Em frente ao supermercado uns garotos fizeram uma selfie comigo. Na padaria fui recebido com assobios, aplausos, gargalhadas e gritos de Viva o velhão!

Fiquei famoso com essa exposição humilhante. Meu barbeiro nem cobrou meu corte de cabelo.

Paguei o prejuízo da balança ao seu Osório, dono da farmácia.

O garoto do iPhone filmou o momento do pagamento e a minha saída da farmácia, comendo um pacote médio de amendoim. O título deste vídeo é Velhão paga-tudo. Na montagem eu pago os salários atrasados dos professores, pago as aposentadorias atrasadas dos velhotes, pago a dívida externa. A trilha sonora é um pagode. O vídeo do quebra-tudo me rendeu um corte de cabelo gratuito, assobios, aplausos e vivas!, espero que o vídeo do paga-tudo me renda muito mais.

Emoções

Tomei um banho quente, escovei e ajustei a dentadura, penteei meus cabelos ralos e coloquei o arquinho. Engoli os cinco comprimidos da manhã, café com leite, pão e requeijão. Escolhi minha roupa mais arrumada – saia marrom e casaquinho xadrez.

    Fui para a varanda esperar. Meu neto tem problemas com horário. Essa geração é muito enrolada.

Vamos de carro para a zona e meu neto dirige muito mal. Acelera-freia-desvia e eu agarro no puta-que-pariu cinza-bebê do carro que ele tem porque eu cobri a metade das prestações que o pai dele não pagou. Sim, meu filho tem problemas financeiros. A geração dele também é enrolada.

Hoje é um dia de ouro, muito especial. E esses garotos vem com calças caindo nas bundas, camisetas velhas-coloridas?, e essas garotas de blusinhas-e-calças-grudadas-indecentes? Não há respeito.

Tenho oitenta e nove anos. Cada passo que dou é lento, apoiado pela bengala que era do meu finado marido. Todos falam que meu voto é desnecessário.

Vovó, na sua idade não precisa...
Mãe, tem certeza?
Vizinha, os políticos não merecem!
Comadre, praquê esse sacrifício?
A senhora tem quantos anos?, nossa!

Eu quero votar. É meu direito. Lembro da época que eu queria e não podia. Só os homens podiam.

Com meus passos lentos entro na sala e cumpro meu dever cívico. Fico emocionada e quase choro. Meu neto é um dos garotos com as calças caindo na bunda. Não fez a barba, não cortou o cabelo. Mas segura meu braço com delicadeza e de novo estou com meu velhinho, que já mora com Deus no céu, viemos juntos votar, e ele está tão lindo de terno, vamos seguindo de braços dados pelo corredor e todas as mulheres olham para ele. Eu fico emocionada e quase choro.

Visitas

Quando ele chegou – depois de cinco anos sem dar notícias – ficou puxando as flores do arranjo cafona da mesinha de centro da sala e fazendo comentários imbecis do último jogo do Flamengo. Eu sabia que era enrolação.

Tenho setenta e oito anos, mas a força de um garoto. Meu soco é brutal. Faço longas caminhadas e cavalgo todos os dias, com muita facilidade.

    Quando eu ouvi o

Tio, esse sítio é um fim de mundo. A oferta é ótima, eu tô sem grana. Quero adiantar o que vai acontecer mesmo, quando o senhor morrer!,

    Não aguentei.

Retirei e recoloquei no lugar todos os quadros, os cinzeiros, a folhinha da farmácia, as duas almofadas que estão puídas e perdendo o enchimento. Passei o pano úmido em tudo, várias vezes.

Toda a madeira da sala está precisando ser envernizada. Amanhã vou à cidade comprar verniz fosco e aromatizador. Hoje não dá tempo. Preciso enterrar, bem escondido, o corpo desse sobrinho insolente.

Notícias

"A sua FM *do coração, com todas as novidades."*
"E agora com Anita Luz, as notícias do trânsito"
"Milton, tudo bom?"
"Tudo ótimo Anita!, e você o que nos conta?"
"Por enquanto seguimos sem engarrafamentos na Ponte, no Elevado do Centro e na Avenida do Contorno. Só temos retenção no trânsito das pistas na Linha Azul, por conta de um atropelamento. A vítima é um senhor de sessenta e dois anos que foi socorrido, com ferimentos graves. Segundo a polícia militar, ele foi atingido por um carro em alta velocidade, enquanto atravessava a pista. A guarda municipal garante que o trânsito ficará normalizado nos próximos minutos."
"Obrigada Anita"

Treze minutos depois o velho que foi atropelado morreu no hospital. Meia hora depois, Anita recebeu a ligação da mãe. O velho era seu avô. Era um avô trapaceiro, passou a perna em metade da família. Anita não chorou, não ficou triste e nem foi ao enterro. Gargalhou sozinha, *Que vida doida!, o velho cambalacheiro se ferrou e eu que dei a notícia ao mundo.*

Esquecimentos

Esqueci o que fui fazer no quintal. Tenho esses momentos de esquecimento, todos os dias.

Vou para a cozinha e não faço ideia do que ia fazer com a peneira grande e a colher de pau que tenho nas mãos. Saio para a rua e constato que não sei o meu destino.

Esqueci de tomar banho algumas vezes, no mês passado. Ou talvez não tenha esquecido. Não posso afirmar.

Tem alguma coisa acontecendo comigo. Desconfio que seja deficiência de vitaminas. O problema é não lembrar o quanto já tomei, quando tomei, para que finalidade tomei. Fico tensa desde o momento em que acordo, até a hora em que me deito para dormir. Todos os dias são assombros, espantos.

Ontem fui parar no meio da rua. Uma caminhonete prata buzinou e eu saltitei para a calçada. Tive que abraçar um poste, porque fiquei tonta.

Hoje acordei e o dia está lindo, um céu azul maravilhoso, trinta graus. É meu aniversário de sessenta e cinco anos. Fiz tapioca para o café da manhã.

Um, dois, três... Dezessete pessoas aqui na minha casa.
Toda família está na minha sala e na minha cozinha.
O relógio da parede marca 19:25h.
Trouxeram bolo, risadas e salgadinhos.
Não lembro nada do que aconteceu desde o café da manhã. Olho para a bancada e não há indícios da frigideira e da tapioca. Todos conversam, tem música tocando. Meu ombro esquerdo está dolorido de tanto tapinha de *Eeee, parabéns!*, estou comendo uma coxinha deliciosa, rodeada de netos lindos.

Devo ter uma doença terminal. Nunca fizeram uma festa assim para mim – com toda a família. Se fizeram, não lembro.

Homenagens

Hoje tem uma homenagem para mim, no campinho. Os garotos do bairro descobriram que eu não perdi nenhum jogo das terças à noite, desde 1978.

Claro que não jogo mais. Fico numa cadeira de praia amarela, na beirada do campo, e torço muito.

Tenho noventa e dois anos. Joguei nesse campinho com meus grandes amigos da vida. Estão todos mortos. O último a morrer foi enterrado numa terça-feira. Quando acabou o sepultamento eu segui direto para o jogo. Naquela noite, o placar foi 3 a 6. Nossos garotos perderam para uns grandalhões de outra cidade. Tem dia que é inteiro de azar.

Hoje eu engasguei com o café da manhã e fiquei com soluço até a hora do almoço. Agora à tarde escorreguei durante o banho e à noite serei homenageado.

Estou um pouco preocupado, porque tem dia que é inteiro de azar.

Decisões

De onde estou observo meu filho e suas tentativas frustradas de ensinar o meu netinho a nadar. O moleque não quer nadar. Quer descer no tobogã. Repetidamente. Vai fazer pirraça e meu filho vai ceder.

    Minha nora ignora os dois e se delicia na água, aproveitando os jatos da cachoeira artificial.

    Tem um homem mais gordo que eu, quase perdendo os calções. Três crianças brincam de guerra d'água.

    Ao meu lado, numa mesa transparente, sentados em cadeiras plásticas, três casais falam sobre os preços dos Airbnbs da região e a política desastrosa do país.

    Gotas de suor descem nas minhas costas e pernas. Meu rosto arde. Todo o piso em torno da enorme piscina está molhado. Estou com calor e fome. Quero mijar e o banheiro é longe e de difícil acesso.

Quero fazer uma loucura. Soltar a trava da minha cadeira e.

Como seria a manchete do meu suicídio?
Cadeirante se joga na piscina do clube
Cadeirante se mata no feriado

Preciso calcular o impulso para bater a cabeça no fundo. Dessa vez, não posso falhar.

Passado

Cresci numa vila. Por muito tempo meu mundo era aquele pátio, a sombra da mangueira gigante, as varandas das casas. As pessoas que eu via todos os dias. Quase todos eram meus parentes. Irmãos do meu pai e irmãos da minha mãe. Meus primos. Minhas avós.

Você quer saber como era a nossa casa?

Minha mãe nunca teve boa saúde. Tinha problema de coração. Algumas vezes ficava muito fraca e minhas avós passavam dias organizando as coisas na nossa casa. Mas ela nunca demorava a melhorar. Sempre achei que a presença das nossas avós acelerava a melhora da minha mãe porque ela se incomodava com as mudanças – panelas e enfeites fora do lugar, comidas que não eram do nosso costume. Ela gostava da mãe, da sogra, das nossas panelas e dos nossos enfeites, em seus lugares.

Minha mãe era enfermeira aposentada. Encostada, era o termo que usavam.

O problema do coração encurtou sua carreira no hospital público da cidade. Mas na vila minha mãe era enfermeira ativa. Fazia curativos, dava pontos e injeções. Sua fragilidade era esquecida quando alguém caía da mangueira de cara no chão, rolava no cimento grosso numa partida de futebol, e o louco que morava na casa verde sangrava e berrava ao levar socos e pontapés, dados por toda a criançada da vila.

Meu pai era o oposto da minha mãe. Nada de fragilidade. Saúde de ferro. Dormia pouco, trabalhava como vendedor representando três firmas. Falava alto, contava piadas sem graça e ria com tanta vontade que contagiava a todos.

Ele era muito exigente comigo e com meus irmãos. Descarregava uma lista de pré-requisitos para o futuro e desconhecido genro e para as futuras e desconhecidas noras.

Mas você não quer saber da nossa casa. Quer saber da vila?

Na infância nunca saíamos da vila. Era o nosso mundo. Nela nossos dias eram emocionantes e plenos. Até que a adolescência chegou e a vila não era suficiente. Desejávamos ver o mundo sem nossas mães, nossos pais, avós e aqueles portões trancados.

O que você quer saber não importa. Nada disso importa.

Importa a madrugada abafada de janeiro quando o louco da casa verde, ateou fogo na avó. Ninguém da vila conseguiu ser ágil o suficiente para impedir.

Isso mudou nossas vidas.

Ninguém queria morar num lugar onde um neto mata a própria avó. Ninguém queria olhar para as cinzas da casa e lembrar da senhorinha amável que morreu esturricada.

Ninguém aguentava sonhar com os gritos de pavor dos seus últimos minutos. Todas as casas foram deixadas para trás. Os moradores da vila se dividiram pela cidade, pelo país. Ninguém queria falar da noite abafada, do janeiro desgraçado. Seguimos em frente, sem comentar.

O louco foi preso numa instituição e nossas vidas se dividiram numa geografia de distâncias convenientes.

Somente eu e minha irmã permanecemos grudados.

Eu vou dizer o que importa.

O que importa é a cova simples e o coveiro desdentado. Estão presentes um representante da instituição — Impaciente, contando os segundos para sumir dali — eu e minha irmã.

Viajamos seiscentos quilômetros para o enterro do louco. Minha esposa e o marido da minha irmã acharam nossa decisão uma tolice.

Viajarão para enterrar um maluco?

Quase vinte anos se passaram. Eu e minha irmã nunca esqueceremos.

Nós dois, sozinhos, rolamos o tonel com álcool e jogamos fósforos. A senhorinha amável estava no quintal.

Era tão tarde.

Era para assustar o louco.

Nosso desespero nos deu forças para correr.

O louco tentou salvar a avó. Mas era louco.

Não adiantava contar para mamãe. Ela não ia resolver e podia passar mal, sua saúde era frágil. Não adiantava contar para o papai. Ele ficaria desesperado.

Engolimos o segredo, e hoje, enfim, o enterramos.

Obrigações

Meu filho veio de acompanhante – por obrigação – e digita alucinadamente no celular, alheio a tudo.

Eu observo a velharada.

Gorduchos e gorduchas, magrelos e magrelas, mais brancos que pretos, porque a clínica é particular e esse país olha a cor da pele para nos pagar salários. Todos enrugados.

Uma velhinha se remexe na cadeira sem parar e outras duas conversam sobre tendinites e enxaquecas. O velho com aparência de psicopata me encara. Acho que estudamos juntos uns cinquenta anos atrás. Mas estamos tão pé na cova, que tenho dúvidas e ele também deve ter.

A velhinha ao meu lado tem mau hálito e fica puxando assunto. Dois velhotes discutem política, e ironicamente nenhum dos dois votou na última eleição. O velho na minha frente está com a camisa ao avesso. O velho ao lado dele está acompanhado da filha e do neto irritante. O garoto berra, chora. Eu e metade das pessoas da sala estamos incomodados com a criança.

O velho com aparência de psicopata continua me encarando.

Vejo tudo confuso e embaçado. *Diabos!, Catarata é a constatação irrefutável da velhice.*

Apostas

Estamos em julho. Essa semana a temperatura caiu muito. Todos os dias de manhã o aparelhinho de temperatura marca doze ou treze graus. Estou penando com esse frio.

    Tenho artrose, asma, sinusite. Acordo e sinto dor até a hora de dormir. E durmo mal. Muito mal.

    A única coisa supimpa de julho são as sopas. Não são deliciosas como as que a minha velhinha fazia, mas aquecem.

Semana passada morreram dois. O Nilton, do quarto vinte e oito e a Zilma, do quarto doze. Do jeito que está frio, eu apostei que morrem sete, esse mês. A maioria apostou quatro. Hoje ainda é dia oito, julho tem trinta e um dias e a previsão é que o frio aumente.

    Continuo apostando nos sete, só espero não ser um deles. Quero viver para acertar o bolão e receber uma visitinha dos meus filhos e dos meus netos.

Tenho três filhos e dois netos. Eles não me visitam desde a semana anterior ao Natal, no ano passado. Gedésio, do quarto cinco, ficou demente e nem assim a família veio visitar. Maria do Socorro, do quarto vinte e nove, não recebe visitas há cinco anos.

Explico a todos que meus filhos e netos são muito ocupados. Não sei até quando vou manter essa versão.

Valores

Sou viúvo e tenho dois filhos. Meu filho mais velho é um homem trabalhador, pai de três crianças. O mais novo é ladrão. Desde pequeno roubava os vizinhos, com dezoito anos estava enrolado com traficantes.

Minha esposa começou a morrer de tristeza no dia em que viu a foto dele no telejornal e a comemoração dos policiais por prenderem o perigoso traficante Sapão – É o seu apelido.

Ainda preso, ele mandou entregar uma linda coroa de flores no enterro dela, com a mensagem

– Querida mãe,
meu eterno amor.
Getúlio –
(Pelo menos não assinou – Sapão)

Numa sexta de noitinha, todos assistiram à reportagem da fuga fantástica do Sapão. Vieram me interrogar. Procuraram por todo o lado. A polícia ficou enlouquecida, porque não conseguiu nenhuma pista.

O mundo está maluco. Aqui no boteco, todos estão comentando que a vida do meu filho vai virar série da Netflix. O nome provisório é *Fuga Espantosa*.
    Nem me deixam pagar a cerveja. Vibram de alegria. Acham que o Sapão é um cara incrível.

Oportunidades

Em frente à minha casa, todos os dias de manhã, passavam a velhinha do açougue, o homem zangado, a vizinha com o cachorro e a professora de geografia.

Numa quarta-feira a velhinha não passou.

O enterro foi na quinta, de tarde. Na sexta seus netos começaram a demolição do açougue.

Ontem inauguraram. Teve coxinha e refrigerante de graça.

No lugar do açougue, montaram um Pet Shop, mercado que vive grande expansão no Brasil, com crescimento de 7% nos últimos dois anos, segundo ouvi na tevê. Fabricam cerveja, sorvete, bolos e até comida vegana para os animais.

Esses netos da velhinha têm razão para estarem sorridentes. Vão ganhar muita grana.

Solidão

Depois de algumas semanas sem nenhum parente ou amigo me visitar ou me ligar eu me sinto muito sozinha. Mas tenho um remédio infalível para a solidão.

Visto uma roupa bonita e vou para a cafeteria do supermercado, perto de casa. Escolho a mesa do lado direito, ao lado das flores e da tevê. Tomo café com leite e torrada. *Lentamente.*

Puxo conversa com todo mundo. Falo de política, futebol, educação de filho, neto, preço de verdura, feminismo, racismo, mensalidade de colégio, violência, qualquer assunto. Só volto para casa quando me sinto feliz.

Paciência

Fiz mais uma cirurgia e estou – provisoriamente – me recuperando na casa do meu filho. Minha nora me obriga a colocar o casaco de gola muito gordona e fechar o zíper até em cima.

Estou caminhando com essas pantufas que eu não gosto. Elas são pesadas e magoam meus pés. Mas minha neta diz que são confortáveis e apropriadas para minha recuperação.

Na mesa da cozinha, todos definem o que vou fazer. Eu não posso tomar café, não devo comer pão, muito menos manteiga. Meus netos comem com olhos grudados no celular. Eu vou engolindo o mingau aguado, torcendo para me curar depressa e voltar para o meu apartamento.

Não tenho mais paciência para esse papel de velhinho bom. Qualquer hora eu toco o terror nessa casa.

Listas

Eu e meu velho estamos casados há quarenta e três anos e aposentados desde o ano passado. Nos últimos tempos, esqueço as coisas, repetidamente. Por isso faço listas.

A de ontem foi:
- *lavar os banheiros*
- *podar a roseira*
- *comprar sal, papel higiênico, suco de caju e azeitonas.*
- *agendar o rapaz do telefone*
- *combinar um chá com as comadres*
- *comprar o presente da Belinha*
- *dessalgar o bacalhau*
- *pegar a receita do bolo de morango com nozes da Amália*
- *marcar o cardiologista*
- *marcar o exame de vista*

Não fiz nem metade da lista. Eu e meu velho estamos maratonando Stranger Things. O dia voou.

Viagem

Desci do ônibus na cidade enorme e desconhecida, com duas malas pesadas. Chamei o Uber. Meu neto inseriu esse aplicativo prático no meu celular

Luanir era o nome do motorista. Torcedor do Botafogo. Me ofereceu água sem gás, Coca-Cola e chocolates. Comi dois Kit Kats. Meu neto me apresentou a esse chocolate maravilhoso.

Depois de comer, lembrei – deu positivo o resultado do exame que minha filha insistiu para eu fazer!, sou diabético. Estou velhote.

Por que me privar das delícias da vida?

Quando desci, em frente ao sobrado, com minhas malas e o terceiro Kit Kat pela metade na mão, meu celular vibrou. Não atendi, desliguei. Era a minha filha, com certeza desesperada, me procurando.

O sobrado é da senhora que conheci no Tinder. Outro aplicativo sensacional que meu neto me ensinou a usar.
Estou velhote. Tenho que tomar cuidado.
Por que me privar das delícias da vida?

Festas

Eu era um menino bobinho no jardim de infância. Todos batiam em mim. Eu vivia com marcas pelo corpo, choramingando. Uma vez quebrei a clavícula, porque colocaram o pé na frente, quando eu passei. Minha mãe e meu pai nunca foram à escola reclamar.

O tempo passou. Toda a lerdeza da infância ficou para trás. Minha família se orgulha de mim, um funcionário público tranquilo e aposentado.

Hoje estamos reunidos, comemorando meus oitenta anos. Esposa, filhos, noras, netos, bisnetos e amigos queridos. Umas sessenta pessoas.

No meio da comemoração, entram dois encapuzados recolhendo os celulares e mandando todo mundo se jogar depressa no chão. As pessoas, chorando, começam a obedecer. Eu enfio a mão na minha pochete e derrubo os dois caras, um tiro certeiro em cada um. Todos me encaram boquiabertos

Passei a vida escondendo minhas habilidades e o conteúdo da minha pochete; minha pistola especial com silenciador.

Telefono para meus auxiliares na vida da matança e os corpos são retirados do salão.
Explico a todos que nada aconteceu.
Entendido?, todos acenam positivamente. *Agora comecem a sorrir e vamos continuar a festa!*

Detalhes

Ele mora numa cidade pequena. Não tem universidade, nem cinema, nem teatro.

A biblioteca é uma piada com suas quatro estantes de ferro e o hospital tem apenas dois clínicos gerais e as enfermeiras. Médicos especialistas só de quinze em quinze dias – o otorrinolaringologista e a ginecologista, que chegam sempre juntos, num sedã prateado, com música alta e risadas extravagantes até estacionarem em frente ao hospital. Quando saem do carro fecham a cara e os atendimentos são feitos com má vontade. No final do dia pegam a estrada de volta para a cidade grande. Com risadas e música.

O prefeito atual é o idiota meio gordo e meio gago, que alterna o cargo a cada quatro anos com o altão branquelo que se veste igual palhaço. Os dois são marionetes dos fazendeiros da região.

O entretenimento da cidade é passear na beira do rio, pescar no rio, tomar banho de rio, andar de bicicleta ou de cavalo, junto ao rio e comer cocadas. As cocadas são vendidas por todo lado. Há uma campanha para a cidade se tornar, oficialmente, a "capital da cocada".

Ele ficou viúvo três vezes. As três esposas que teve, faziam e vendiam cocadas. As velhas viúvas e separadas da cidade desistiram de paquerá-lo depois que a terceira esposa morreu.

Ele virou lenda. É o mata-mulheres. Uma espécie de assassino sem arma. Acreditam que as mulheres que se unem a ele, morrem.
    Mas ele amava muito as suas três esposas. Sofreu bastante quando cada uma delas morreu.
    Os seus filhos – de todos os seus três casamentos – arrumaram as malas e sumiram para longe, como fazem todos os jovens espertos do lugar. Ele está sozinho na cidade pequena.

Como está com oitenta e quatro anos e não tem o que fazer, se diverte escolhendo a música que vai tocar no carro, pela cidade, anunciando a sua morte. Muda de ideia toda semana. Não aceita que toquem a música fúnebre, que ouviu nos anúncios de falecimentos das esposas.
    Pagou antecipado ao dono do carro de som e quer uma música impactante. Essa semana está empolgado com o canto yodel. Assiste, repetidamente, a alguns vídeos no You Tube. Eles o deixam com ótimo humor.

Estudos

Ele é um velhote encurvado, baixo, bigodudo, pontual e caprichoso. Letra linda. Meu aluno de francês. São duas aulas por semana e ele nunca faltou nenhuma. Educado e esforçado. Aprende quase nada. Os outros alunos são novinhos, mimados e aprendem depressa.

Eu sou professora há mais de quinze anos. Posso afirmar que ele é o meu aluno favorito.

Recebi um recado tem duas horas. Ele está no hospital. Não posso visitar, pois está na UTI.

Amanhã de manhã ele vai morrer. Sou do tipo que nunca elogia. Ele nunca saberá o quanto gostei de ser sua professora. Amanhã ficarei imensamente triste.

Remédios

Tomei todos os comprimidos da manhã e preciso passar na farmácia, porque o da pressão acabou.

Depois da igreja, a farmácia é o lugar que mais visito. Semana passada foram quatro vezes. O Luizinho e o Rodolfo disputam para me atender no balcão. Prefiro quando vence o Rodolfo, que é simpático e conta piadas para me divertir, esquecer essa solidão da viuvez. A Lindalva, do caixa, sempre elogia meu cabelo e me passa receitas ótimas.

Na frente da farmácia tem uma banca de jornais. O dono da banca é o senhor Agripino. Toda vez que ele me vê, oferece uma revista ou um jornal. Eu nunca aceito. Mas hoje vou aceitar. E mais. Vou convidá-lo para ir à igreja. Vou arriscar. Ontem aprendi com minha netinha que o Agripino é meu crush.

Trotes

Eu podia jurar. Era a voz da minha neta. O patife levou meus três mil reais. Deixei no banco azul da praça, ao lado da amendoeira. Esse dinheiro vai me fazer falta, a minha aposentadoria é uma miséria.

Infelizmente não sou a única velha que caiu no trote do sequestro. Dizem que é uma febre. Aquela voz de fundo gemendo, sofrendo. E o patife ameaçando matar. A gente se desespera e paga.

Nereide, minha neta, tem o meu nome. Não nos encontramos desde janeiro do ano passado, quando ela me deu um soco e eu desmaiei. Foi um incidente lamentável.

Tenho oitenta e seis anos, sou viúva, estou lúcida e sem problemas de saúde, moro sozinha numa casa de vila que meus filhos só não colocam à venda porque ainda estou viva. Mas devem ter a placa de VENDE-SE pronta, só no aguardo.

Meus filhos gostariam que eu estivesse muito mal. Ou estivesse totalmente caduca, incapaz de tomar decisões. A crise do país está brava e minha vila é num bairro da zona sul. Minha aposentadoria é miserável, mas minha casa é a galinha dos ovos de ouro dos meus garotos de cinquenta e quatro e cinquenta e oito anos.

Nereide, minha neta, é uma moça calma, a maior parte do tempo. Mas perde a paciência quando o assunto é política. Em janeiro falamos de política num almoço familiar. Foi um quebra-pau desgraçado, voou até farofa na mesa. E o soco na minha cara. O soco não era para mim. Era para o outro neto, que desviou com habilidade e me deixou na frente para receber o impacto da mão fechada e raivosa da Nereide, que tem 1,87 e pratica muay thai.

Nereide, envergonhada, nunca mais apareceu. E eu, idiota, há dois dias, caí neste golpe do sequestro. Nunca pensei que seria enganada dessa maneira.

Mandei uma mensagem para Nereide. Mandar mensagem é um negócio muito difícil, tenho que escrever tudo, o celular é pequeno, minha vista embola as letras. Mas quando eu telefono, ela não atende. E eu quero que ela venha me ver. Aceito até levar outro soco.

Mortes

A velha mais carinhosa da família era a tia Janete. Ela morreu num domingo, depois de um culto emocionante, onde participamos da ceia e ouvimos o coral infantil. Estava emotiva e sorridente. Tenho sua alegria matinal registrada para sempre, no canto de uma foto que tirei do coral, com meu telefone. Meu filho – de cinco anos – estava cantando com as outras crianças.

Quando me ligaram hoje para avisar que o tio Amâncio está nas últimas eu procurei essa foto do domingo. Dei zoom, chorei.

Tio Amâncio não é agradável como a tia Janete. Nem vou desmarcar a viagem à Angra, que planejamos para amanhã.

Tio Amâncio será um velho enxerido e desagradável a menos no mundo. A única coisa inconveniente da sua morte será a tia Doralice – sua esposa. Tenho certeza de que vou ouvir o papo do preço caro de jazigo, custo alto de funeral e eu ser a única sobrinha capaz de ajudar financeiramente.

Algumas informações deviam ser sigilosas para certos familiares.

Felicidade

O velho voltou muito feliz da feira, com a sacola cheia de mangas. Colocou pedaços enormes na boca e um deles entalou na garganta. Fazia tempo que estava com o nariz entupido e a falta de ar trouxe desespero.

Começou a se debater, com a esperança da manga desentalar pescoço adentro. No mexe-e-remexe, esbarrou na cadeira que virou e prendeu a ponta no frontispício da pequena bancada da cozinha.

Perdeu o equilíbrio e caiu no chão. Morreu do engasgo, não do tombo.

Seu neto distribuiu as mangas restantes com os vizinhos. Ninguém se engasgou.

Bagagens

Fiz doze cirurgias ao longo da vida. Ando com auxílio de uma bengala. Uso bombinha de asma, tomo onze comprimidos por dia e gotinhas de própolis, porque me acostumei com elas, quando tive uma gripe no verão.

Depois das seis da tarde coloco um casaquinho, mesmo que não esteja frio. Tenho sempre um guarda-chuva na bolsa. Sou aquela velhinha que a família inteira acha que vai morrer todo ano. Uma chatice completa. Cansei.

De uns tempos para cá resolvi ousar. Só coloco goiabada, sorvete e biscoito de chocolate no meu carrinho de compras. Fiz uma tatuagem no braço direito. Uma flor pequenina. Meus filhos quase surtaram.

Troquei de manicure e agora pinto minhas unhas com cores divertidas, tons azuis, verdes e alaranjados. Não quero que olhem para minha bengala, quero que olhem para o meu visual. Todo sábado de noite durmo com bobes, para no culto do domingo de manhã meu cabelo amanhecer estiloso.

Faço depilação, limpeza de pele e massoterapia.

Tenho mimado meus netinhos além da conta e constantemente ignoro meus filhos, quando me mandam fazer exames ou voltar a algum dos meus muitos médicos.

Sim, estou cheia de manias e esquisitices novas. Hoje mesmo estou na praia. Fazendo topless. Uma novidade na minha vida. Nunca tinha feito. Tenho oitenta e cinco anos, era hora de testar. Meus peitos estão muito caídos e estou causando um certo mau estar na rapaziada. Mas eu vou ficar por aqui, curtindo esse sol gostoso nos meus peitos por muitas horas. Trouxe até uma bolsa com lanche. Tem goiabada e biscoito de chocolate.

O sorvete compro depois, com o moreno lindo que passa vendendo toda hora.

Metas

Georgina tinha quarenta e cinco anos e uma angústia enorme porque não conseguia namorar, noivar e casar.
Também, que louco aguentaria sua rotina?
Trabalhar em duas escolas públicas dentro da favela mais perigosa da cidade durante o dia, e cuidar da velha mãe à noite. Na escola era risco de bala perdida e salário atrasado. Em casa era fazer as vontades da mãe, que exigia massagens, café na cama, almoço e jantar com menus variados e tudo impecavelmente limpo. Panelas areadas, pisos escovados, roupas muito bem passadas e cheirosas.

Georgina ficou tão cansada que perdeu a alegria da vida. Nos últimos dois anos ela desistiu de sorrir e começou a odiar a mãe. Seu desejo era matar a velha. Pesquisou venenos e planejou morte lenta.

Semana passada a velha amanheceu mortinha. Gelada, de boca aberta. Não morreu do veneno. A quantidade era pouca e calculada. Morreu de morte natural. Tinha oitenta e oito anos.

Georgina ainda não sabe, mas morrerá com oitenta e seis. Não conseguirá namorar, noivar e nem casar.

Mudanças

Antes era só deitar e afundar na velhice – minha e do meu colchão. Agora estou num colchão que não é meu, dividindo o quarto com dois netos, na casa do meu genro, que gosta pouco ou nada de mim.

Eu, com meus setenta e nove anos, não tenho onde morar. Conserto panelas de pressão, rádios e celulares, numa barraca, no centro da cidade. Sou um camelô velho.

Só consegui trazer pra cá minha caixa de pesca, duas varas e um molinete.

Pesco na Baía de Guanabara. Olhando para a água poluída, distraio a mente e este é o único momento em que me esqueço que perdi quatro filhos no tráfico, minha mulher com câncer e meu barraco, no temporal do mês passado.

Fedor

Tem duas semanas que o corredor do nosso prédio fede. Achei que fosse lixo esquecido de algum vizinho, mas ontem de manhã o cheiro estava insuportável e de tarde já cheirava dentro da gente. Uma vizinha sentiu tonturas, desmaiou e outra vomitou ao sair para trabalhar.

Hoje estamos todos assombrados. Uns homens arrombaram a porta e retiraram o velho. Ele morava sozinho.
    Era um viúvo zangado e brigão. Antipático. Mas ninguém merece morrer com as calças arriadas, cagando.
    E ainda piora. No enterro só estavam os dois coveiros e eu. Não sei explicar porque fui. Acho que queria me livrar do cheiro que ainda está impregnado no nosso prédio. E nos cemitérios costuma bater um ventinho delicioso.

Agradecimentos

Agradeço a Deus, que direciona minha vida.

A minha família, que me apoia imensamente.

Ao Itamar Vieira Júnior e ao Carlos Eduardo Pereira, que leram o texto e são grandes amigos-companheiros de escrita.

Ao Marcelo Nocelli – meu amigo e editor – que mais uma vez acredita e se alegra comigo, se envolvendo neste projeto.

Aos queridos que leram e deram sugestões – meu lindinho Calebe Motta, Tiago Espanha, Mateus Espanha, Rebeca Ribeiro e Lucas Carvalho.

Aos meus adolescentes incríveis.

A você, que está com este exemplar nas mãos.

Esta obra foi composta em Fournier e
impressa em papel pólen bold 90 g/m² para a
Editora Reformatório em janeiro de 2020.